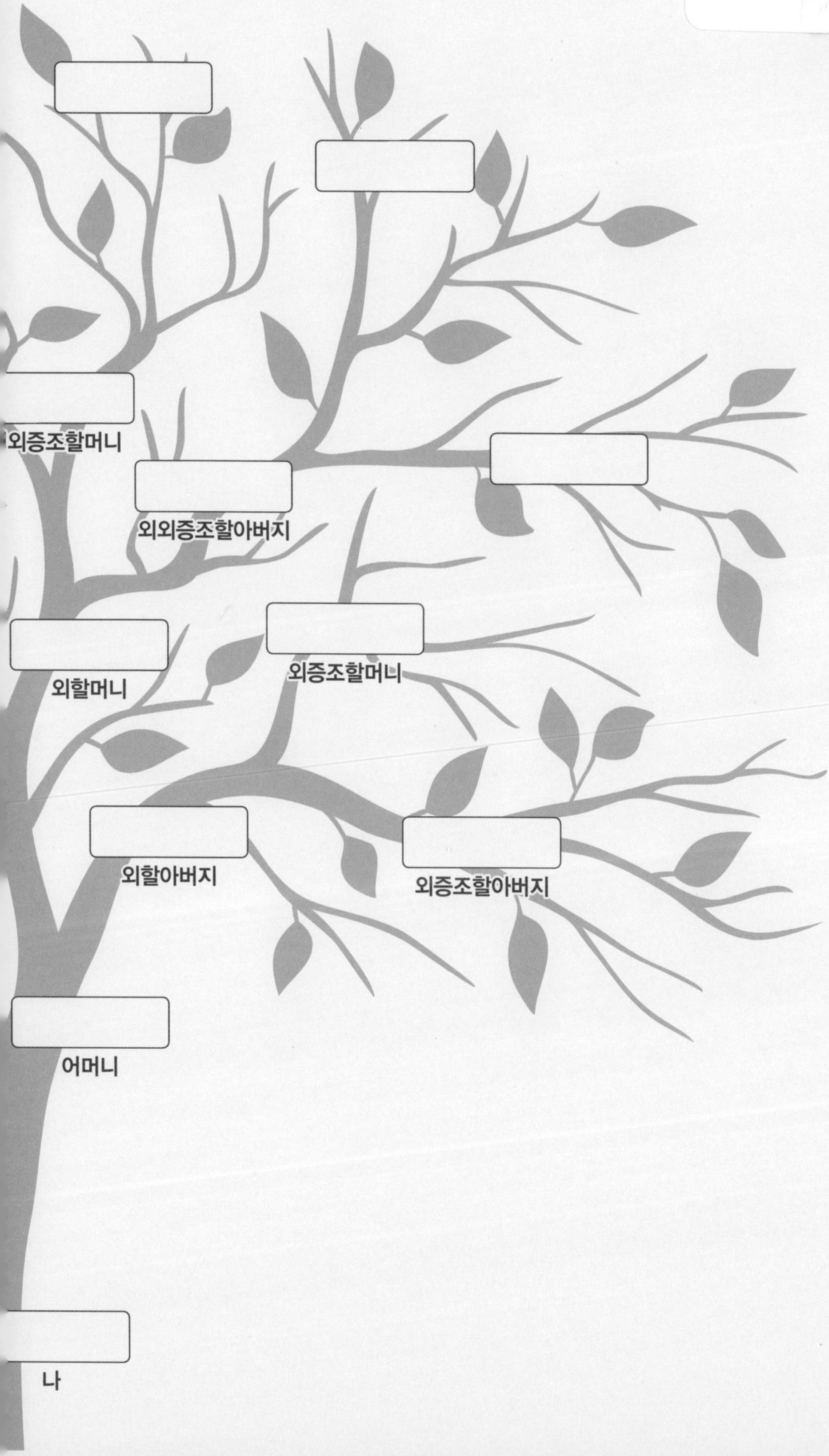
외증조할머니
외외증조할아버지
외할머니
외증조할머니
외할아버지
외증조할아버지
어머니
나

손자손녀를 위한

할머니 자서전

늘봄

이 도서의 국립중앙도서관 출판예정도서목록(CIP)은 서지정보유통지원시스템 홈페이지(http://seoji.nl.go.kr)와
국가자료공동목록시스템(http://www.nl.go.kr/kolisnet)에서 이용하실 수 있습니다.(CIP제어번호: CIP2016023157)

손자손녀를 위한 **할머니** 자서전

지은이 / 조은경
펴낸이 / 조유현
편　집 / 이부섭
디자인 / 박민희
펴낸곳 / 늘봄

등록번호 / 제300-1996-106호 1996년 8월 8일
주소 / 서울시 종로구 동숭4길 9 (동숭동 19-2)
전화 / 02)743-7784
팩스 / 02)743-7078

초판발행 / 2016년 10월 15일

ISBN 978-89-6555-045-7 04800
978-89-6555-048-8(세트)

illusted by Freepik.com

※ 값은 표지에 있습니다.

손자손녀를 위한

할머니 자서전

________________ 지음

사랑하는

______________________ 에게

손자손녀를 위해서

할머니 자서전을 시작합니다. 먼저 책을 끝까지 넘겨보세요. 질문의 답을 생각하며 옛일을 회상해보세요. 손자손녀에게 들려주고 싶은 소중한 이야깃거리가 많이 떠오르실 겁니다. 그런데 첫 문장은 어떻게 시작할까? 그리고 어떻게 끝을 맺을까? 무엇보다 누가 읽을 것이며 왜 써야하 는지 엄두가 나지 않습니다.

이 책의 첫 장은 할머니 이름을 적는 것으로 시작합니다. 요즘 아이들은 부모님 이름은 물론 자신의 이름조차 한자로 쓸 줄 모른다고 합니다. 그래서 할아버지, 아버지, 어머니, 손자, 손녀의 이름 모두 한자로 크게 적어주세요. 자신들의 이름을 누가 지어주었는지, 성의 의미와 이름이 가문과 형제들과 어떻게 연결되는지도 지금 할머니 아니면 영원히 알려줄 사람은 없습니다.

어느 날 손자손녀가 찾아와 물어봅니다.

"할머니, 할머니가 세상에서 제일 좋아하는 사람이 누구야?"

"할머니, 할아버지는 뭐 하셨던 분이야?"

손자손녀를 끔찍이 사랑하셨을 할아버지에 대해 말씀해주세요. 옛 사진을 꺼내 보듯 그때의 일을 회상해보세요. 이 책을 한 장 한 장 넘기며 손자손녀에게 말해주듯 답을 써 내려가다 보면 어느덧 한권의 책이 완성됩니다. 할머니의 인생과 지혜가 담긴 이 책은 사랑스런 손자손녀들에게 소중한 선물이 될 것입니다.

써 나가시면서 모자란 칸은 매 장마다 마련된 빈 페이지에 이어 쓰시면 됩니다. 불필요한 질문은 건너뛰시고 그 자리에 개인적으로 필요한 질문을 추가하세요. 먼저 연필로 쓴 다음 그 위에 만년필로 쓰세요. 만년필이 의외로 잘 써집니다.

미리 조심스러워 말씀드리는 것은 우리에겐 낯선 「사전의료지시서」와 「작은 장례 실천서약서」를 첨부하였습니다. 「사전의료지시서」는 만일을 대비해 자신과 가족들을 위해 병원에서 연명치료를 하지 않겠다는 의료유언장으로 미국 · 대만 · 오스트리아 등 여러 국가에서 법제화되어 있습니다. 현재 우리나라에서는 말기암환자 등에게 선택적으로 이를 적용하고 있습니다. 이 부분이 부담되거나 손자손녀 선물용으로 주는 책으로서는 무리다 싶다면 잘라내시기 바랍니다.

소문만복래(笑門萬福來)라고 하였습니다. 웃음소리가 담장을 넘는 집은 화목하고 복 받은 집안의 상징이기도 합니다. 이 책으로 인해 할아버지 할머니 손자손녀 사랑하는 온가족이 함께 모여 '하하호호' 하는 행복한 순간이 만들어지기를 기대합니다. 그렇다면 무엇 보다 기쁘겠습니다.

2016년 가을 琴硯齋(금연재)에서

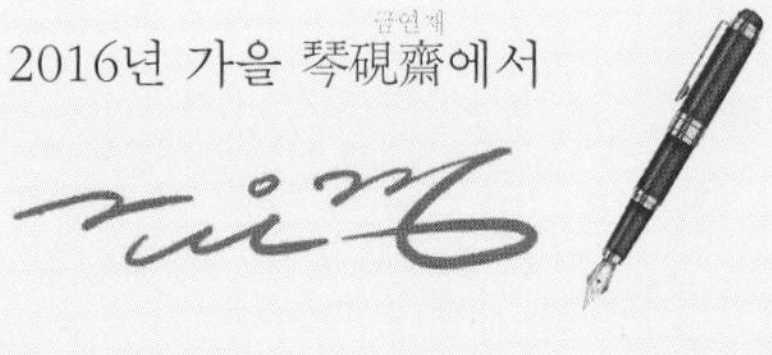

차 례

이름과 전통

자신의 가장 잘 나온 사진을 붙여주세요.
자서전 표지로 쓰거나, 신문에 낼 사진,
혹은 영정으로 사용할 수 있는 사진을 골라주세요.
날짜와 장소, 내용도 적어주세요.

할머니의 탄생과 이름

이름 / 한자

생년월일 / 혈액형 / 종교

태어난 장소 (역사적 지리적 상황 등)

호, 아명, 애칭, 별명과 그 의미

할머니의 멋진 사인 Sign

할머니가 사용하셨던 도장들

나는 할아버지가 어떤 사람이었는지 잘 알지 못한다.
그러나 그분의 손자가 어떤 사람이 될 것인가에 대해 훨씬 관심이 있다. – 링컨

할머니의 부모님 소개
(진외증조할아버지와 할머니)

진외증조할아버지 성함 / 한자

생신과 기일 ~

진외증조할아버지 성함 / 한자

생신과 기일 ~

두 분에 대한 소개 (하시던 일과 존경하는 이유 등)

우리 가족 이름(한자)

할아버지 : ______ 할머니 : ______

외할아버지 : ______ 외할머니 : ______

아버지 : ______ 어머니 : ______

할머니의 손자손녀들 : ______

______

One father is more than a hundred schoolmasters.
백 명의 스승보다 한 명의 아버지가 낫다.

(OO쪽에서 이어짐)

가장 오래된 사진을 붙여주세요. 기억나시는 내용도 적어주세요.

할아버지 소개

이름 / 한자

생년월일 / 태어난 곳 / 혈액형

할아버지를 소개해주세요. (부모,형제 등)

아버지 어머니 소개

아버지 이름 / 한자

생년월일 / 혈액형

태어난 곳

어머니 이름 / 한자

생년월일 / 혈액형

태어난 곳

아버지 어머니의 결혼 날짜와 장소

A mother's heart is always with her children.
어머니의 마음은 항상 아이들과 함께 있다.

할머니의 자녀(3촌)들 소개

이름 (관계:) / 배우자

자녀(4촌)

이름 (관계:) / 배우자

자녀(4촌)

이름 (관계:) / 배우자

자녀(4촌)

이름 (관계:) / 배우자

자녀(4촌)

할머니 가족사진을 붙여주세요.

우리 가문의 역사와 전통

가문 성씨의 본관과 파 소개

가문의 시조

가문의 역사적 인물

가훈

구전되는 조상 이야기

할머니의 형제자매와 주요 친척들의 성함과 관계

이름 ________________ / 호칭 ________________

이름 ________________ / 호칭 ________________

이름 ________________ / 호칭 ________________

이름 ________________ / 호칭 ________________

이름 ________________ / 호칭 ________________

이름 ________________ / 호칭 ________________

出必告反必面(출필고반필면)
밖에 나갈 때 가는 곳을 아뢰고, 돌아와서는 얼굴을 보여드려라.

우리 집안의 제사와 명절

제사와 명절을 지내는 방법 (장소, 함께 하는 분 등)

우리집 제삿날과 그때 추모하는 분

/

/

우리집 명절 음식과 특별한 행사

우리집 전통음식 레시피

비법을 전해주신 분 : ____________

비법을 물려받을 분 : ____________

재료 : ____________

요리비법 : ____________

Marriage is easy, housekeeping is hard.
결혼하기는 쉬워도 살림하기는 어렵다.

(OO쪽에서 이어짐)

할머니 가문, 친척들의
사진을 붙여주세요.

어린시절, 학창시절
그리고 청춘

할머니 어린 시절

어린 시절 최초의 기억

어린 시절 고향의 풍경 (놀이터, 상점, 파출소, 학교 등)

어린 시절 기억나는 집안의 물건, 숨기놀이 장소

어린 시절 가장 친했던 친구 이름과 즐겨했던 놀이 (민속놀이 포함)

어린 시절 부모님께 받았던 기억나는 선물

특별히 아팠던 기억, 잊히지 않는 경험담

어린 시절 부모님에게 칭찬받고 자랑스러웠던 일

Home is home, be it ever so humble.
아무리 보잘 것 없어도 집은 집이다.

할머니 어린 시절

어린 시절 부모님을 속상하게 했고 부끄러웠던 일

어린 시절 억울했던 일 그리고 나의 고백

부모님이 항상 강조하시던 격언, 충고의 말들

할머니 어린 시절의 꿈, 하고 싶었던 일

어린 시절
사진을 붙여주세요.

할머니 초등학교 시절

초등학교 이름

위치 및 등교방법

기억나는 친구들 이름

기억나는 선생님 이름과 이유

가장 좋아했고 잘했던 과목

재미있고 슬펐던 추억

할머니 중고등학교 시절

중학교 이름

위치 및 등교방법

고등학교 이름

위치 및 등교방법

가장 좋아했고 잘했던 과목

가장 싫어하고 못했던 과목

기억나는 친구들 이름

기억나는 선생님 이름과 이유

중학교 시절
사진을 붙여주세요.

할머니 중고등학교 시절

자주 싸가던 도시락 반찬과 간식거리는 어떤 것들이 있었나

당시 존경하던 인물, 롤모델

장래희망, 직업관

할머니의 짝사랑 혹은 즐거웠거나 슬펐던 에피소드

당시 유명했던 소설이나 영화, 대중스타에 대해서

고등학교 시절
사진을 붙여주세요.

할머니의 20대 청춘, 대학시절

20대 시절 무엇을 하였고, 어떤 고민과 계획을 가졌는지

20대 시절 많은 시간 노력했거나 즐겨했던 일

대학교 이름 / 전공

입학/졸업년도 ~

대학시절 에피소드

(OO쪽에서 이어짐)

수학여행 때
사진을 붙여주세요.

할머니의 일과 직장

첫 직장 소개와 하셨던 일, 월급, 주 사용처 (당시 버스요금 등과 비교해서)

당시의 오피스룩, 패션디자인, 헤어스타일은

다시 태어난다면 꼭 해보고 싶은 일과 직장

할머니 직장 생활
사진을 붙여주세요.

(OO쪽에서 이어짐)

가족의 탄생

사랑과 결혼

할머니의 이상형은

할아버지와 언제 어디서, 어떻게 처음 만났는지

데이트 장소, 방법, 잊지못할 순간

할아버지가 주신 선물, 지금도 가지고 있는 게 있다면

할아버지에게 주었던 선물, 잊지못할 선물

할아버지가 프로포즈는 어떻게

Father's virtue is the best heritage for his child.
아버지의 덕행은 최상의 유산이다.

(OO쪽에서 이어짐)

연애 시절 사진을 붙여주세요.

사랑과 결혼

결혼한다고 했을 때 집안, 종교 등 문제는 없었는지

결혼식 날짜, 장소와 주례의 말씀

신혼여행의 추억

자녀의 탄생
(손자손녀의 아버지, 어머니)

아버지(어머니)가 태어났을 때 기억나는 일 (태몽, 태어난 곳, 첫 느낌 등)

아버지(어머니)를 키우면서 기억나는 일 (성격, 습관, 사건사고, 형제관계 등)

아버지(어머니)는 누굴 닮았나, 어떤 점

아버지(어머니)가 좋아했던 것, 싫어했던 것 (음식, 반찬, 놀이 등)

아버지(어머니)를 크게 칭찬했던 일, 야단쳤던 기억

아버지(어머니)에게 많이 했던 말들 (당부, 잔소리 등)

내리사랑은 있어도 치사랑은 없다.

(OO쪽에서 이어짐)

자녀의 돌, 또는 어린시절
사진을 붙여주세요.

추억과 소망

할머니의 추억

할머니가 겪었거나 영향을 받은 역사적 사건

할머니가 어렸을 때 겪은 천재지변이나 사건사고

잊을 수 없는 여행, 좋았던 여행

지금 꼭 가보고 싶은 곳과 이유

할아버지, 아버지, 어머니, 손자, 손녀에게 상처받았던 말이나 행동

할머니의 추억

인생에서 가장 고마운 분과 이유

큰 신세를 진 분, 돈 빌려주고 못 받은 적이나 크게 도움을 준 분

할머니의 취미

가장 좋아하는 운동이나 취미활동

앞으로 해보고 싶은 운동이나 취미활동

특별히 수집하는 물건이 있다면 (우표, 동전, 골동품, 미술작품, 음반, 책, 프라모델 등)

현재 소장하고 있는 것 중 가장 소중한 물건은

운동이나 취미활동
사진을 붙여주세요.

(OO쪽에서 이어짐)

소중한 물건
사진을 붙여주세요.

할머니의 종교, 정치적 성향

존경하는 인물이나 대통령, 지난 선거 때 투표한 후보

- 외국:

- 국내:

- 대통령:

애독하는 신문이나 잡지

종교와 신앙생활에 대해서

부모 배 속에는 부처가 들어 있고 자식 배 속에는 범이 들어 있다.

할머니가 좋아하는 것들

감명을 받았거나 손자손녀에게 추천하고픈 책 3권

감명 받았던 영화 3개, 대사 등

잘 부르는 노래는

가장 좋아하는 음식

한식 : / 중식 :

양식 : / 일식 :

기타 :

못먹거나 싫어하는 음식

가족들이 제일 좋아했던 할머니의 음식

가장 자신있는 요리와 레시피

부모상에는 먼 산이 안 보이더니 자식이 죽으니 앞뒤가 다 안 보인다.

할머니가 좋아하는 것들

자주 가는 카페나 식당

가장 좋아하는 것들

꽃 : / 동물 : / 색깔 :

계절 : / 음악 : / 뮤지컬 :

드라마 : / 대중 스타 : / 예술가 :

기타 :

마음에 드는 속담이나 격언, 고사성어

지금 정기적으로 참여하는 일이나 모임

부모가 자식을 겉 낳았지 속 낳았나.

근래 자주 만나는 지인들

이름 : / 연락처 :

관계 :

이름 : / 연락처 :

관계 :

이름 : / 연락처 :

관계 :

이름 : / 연락처 :

관계 :

지인들과 함께 찍은
사진을 붙여주세요.

꼭 남기고 싶은 당부의 말

아버지, 어머니에게

손자, 손녀에게

지금 특별히 아픈 곳이 있거나 질병에 관한 가족력과 주의사항

그리고 나를 부탁한다

(OO쪽에서 이어짐)

년 월 일

서명

가족사진을 붙여주세요.

부록

사전 의료 지시서
작은 장례 실천서약서

사전의료지시서

이　름 : ____________ / 주민등록번호 : ______________________

주　소 : ______________________________________

위 본인은 현재 위 주소지에 거주하고 있으며, 맑은 정신인 상태에서 의료 상 어떤 부득이한 사정으로 인해 본인의 자의적 의사표시가 불가능해질 경우를 대비해 본인을 치료하는 담당 의사와 가족들에게 '사전 의료 지시서'를 아래와 같이 남기니 본인의 소망대로 실행해주기 바람.

- 아 래 -

본인이 의식이 없어진 상태가 되더라도

1. 기도삽관, 기관지 절개술 및 인공기계 호흡 치료법을 시행하지 말 것.
2. 항암 화학요법을 시행하지 말 것.
3. 인공영양법, 침습적인 치료술을 시행하지 말 것.
4. 탈수와 혈압 유지를 위한 수액요법과 통증관리 및 생리기능 유지를 위한 완화치료는 계속 희망하지만,
5. 임종 시 혈압상승제와 심장 소생술은 하지 말 것.
6. 그 외 여기에 기술되지 않은 의료 내용은 '대한의학회'에서 공인하고 있는 최근 '임종환자 연명치료 중단에 관한 의료지침'에 따라 결정하고 의료진과 가족 그리고 법의 진행인은 본인의 자유로운 의사로 기술한 이 지시서와 환자로서의 본인의 권리를 존중해주기 바람.

위에 기술한 본인의 '사전 의료 지시서'의 내용이 누구에 의해서도 변형되지 않기를 원하며, 이 지시서가 법적인 효력을 유지하고 담당 의료진의 법적 면제와 보호권을 구비하는 데 도움이 되기를 소망함.

20_____년 _____월 ______일

[본 인]　이름 : ____________ 지장: ____________

[가족증인] 이름: ____________ 날인: _________ 관계: ____________

※ 자세한 사항은 병원이나 관계기관에 문의하세요.

작은장례실천서약서

나에게 사망진단이 내려진 후 나를 위한 여러 장례의식과 절차가 내가 바라는 형식대로 치러지지를 원해 나의 뜻을 알리고자 이 서약서를 작성합니다. 나를 위한 여러 장례의식과 절차를 아래와 같이 해주기 바랍니다.

수의 - 평소에 즐겨 입던 옷으로 대신해주기 바랍니다. (　　)
- 검소한 수의를 선택하여 주기를 바랍니다. (　　)

관 - 종이관을 선택해주시기 바랍니다. (　　)
- 소박한 관을 선택해주기를 바랍니다. (　　)

음식대접 - 간단한 다과를 정성스럽게 대접해주기를 바랍니다. (　　)
- 음식 등을 잘 대접해주기 바랍니다. (　　)

시신처리 - 화장해주기를 바랍니다. (　　)
  · 인공 봉안시설 : 봉안(납골)당, 기타 (　　)
  · 자연장 (　　)
- 내가 이미 약정한대로 기증하기를 바랍니다. (　　)
- 매장해주기를 바랍니다. (　　)

기타 의견 (부고, 부조금, 장례기간, 염습, 장례식 등)

____

____

작은 장례 실천 동기	□TV □라디오 □신문 □잡지 □늘봄 자서전 시리즈 □헌혈을 계기로 □인터넷 □주위의 권유 □기타

_______ 년 ____ 월 ____ 일　　실천서약자 성명 ________ / 서명 ________

생년월일 ________________ / 연락처 ________________

주소 ______________________________________

남편 입장에서 남편의 가족 호칭

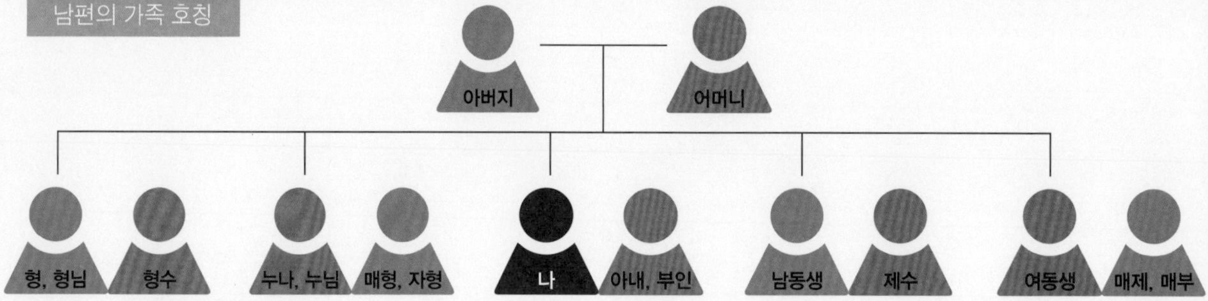

남편 입장에서 아내의 가족 호칭

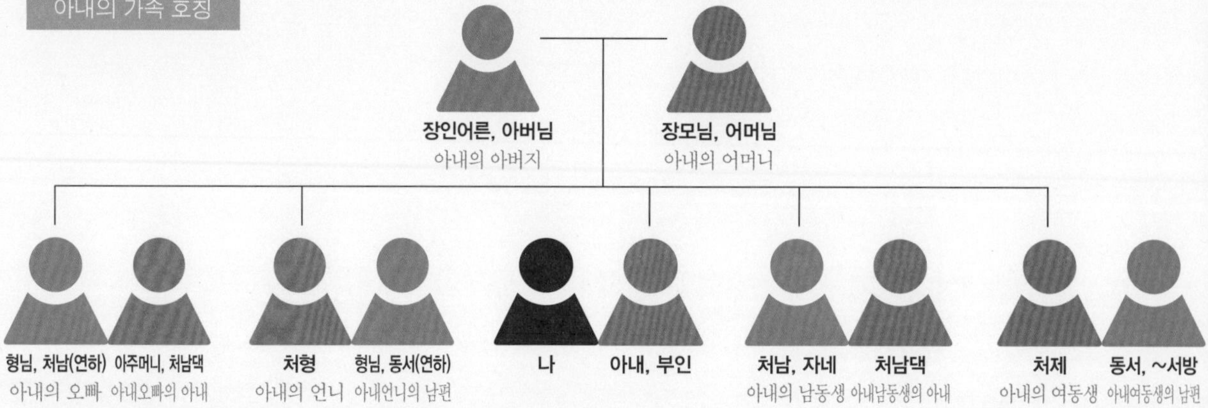

친가 가족 호칭

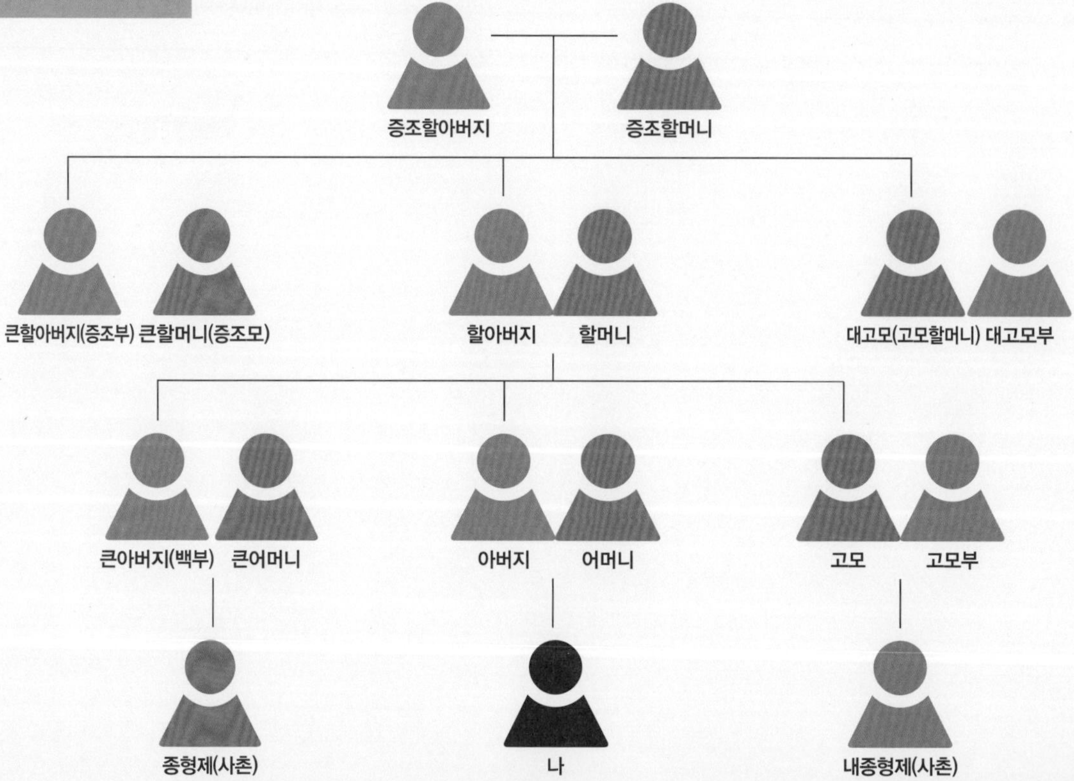